Moi, je peux tout recommencer.
Dès demain.
À tout moment.

大方
sight

Marguerite Duras

[法] 玛格丽特·杜拉斯 著

黄荭 译

C'est tout

就这样

中信出版集团 | 北京

图书在版编目（CIP）数据

就这样 /（法）玛格丽特·杜拉斯著；黄荭译 . —
北京：中信出版社，2023.3
ISBN 978-7-5217-4887-1

Ⅰ.①就… Ⅱ.①玛… ②黄… Ⅲ.①随笔—作品集
—法国—现代 Ⅳ.① I565.65

中国版本图书馆 CIP 数据核字（2022）第 204899 号

就这样
著 者：　　[法] 玛格丽特·杜拉斯
译 者：　　黄 荭
出版发行：　中信出版集团股份有限公司
　　　　　　（北京市朝阳区东三环北路 27 号嘉铭中心　邮编　100020）
承印者：　　河北鹏润印刷有限公司

开本：720mm×1000mm 1/32　　印张：2.5　　字数：24 千字
版次：2023 年 3 月第 1 版　　印次：2023 年 3 月第 1 次印刷
京权图字：01-2022-6092　　书号：ISBN 978-7-5217-4887-1
定价：38.00 元

告读者

这本书选录了 1994 年 11 月 20 日到 1996 年 2 月 29 日病中的玛格丽特·杜拉斯说过的话。这些话是扬·安德烈亚收集整理的。这本书由扬·安德烈亚和 P. O. L. 出版社全权负责出版。

给扬。

在写之前，

人们永远不知道自己会写些什么。

快点，快点想我。

给扬，我黑夜的情人。

署名：玛格丽特，钟爱这个情人的有情人，

1994 年 11 月 20 日，巴黎，

圣伯努瓦街。

11 月 21 日，下午，圣伯努瓦街。

Y. A.[1]：您怎么称呼您自己？

M. D.[2]：杜拉斯。

Y. A.：您怎么称呼我？

M. D.：难以捉摸。

之后，同一天下午。

有时候我长时间感到空虚。

我没有身份。

一开始会让人感到害怕。后来会变成一种幸福。

再后来一切停止了。

1　扬·安德烈亚的姓名缩写。——译注
2　玛格丽特·杜拉斯的姓名缩写。——译注

幸福，就是离死更近了一点。

仿佛我说话的时候我已经不在了。

之后，还是那天下午。

这是个时间问题。我会出一本书。

我有想法，但不肯定自己会写这本书。

一切皆有可能。

11 月 22 日，下午，圣伯努瓦街。

Y. A.： 您害怕死亡吗？

M. D.： 我不知道。我不知道怎么回答。自从我
　　　　来海边以后，我就什么都不知道了。

Y. A.: 那和我在一起呢?

M. D.: 以前和现在是你我之间的爱情。死亡和爱情。你希望怎样就怎样，你，你希望自己是谁就是谁。

Y. A.: 您给自己的定义?

M. D.: 我不知道，就像此刻：我不知道要写什么。

Y. A.: 您最喜欢的书?

M. D.: 《堤坝》，童年。

Y. A.: 天堂呢? 您会去吗?

M. D.: 不会。这让我觉得好笑。

Y. A.: 为什么?

M. D.: 我不知道。我根本不相信天堂。

Y. A.: 那么死后，还剩下什么?

M. D.: 什么都不剩。只要活着的人彼此微笑，彼此记得。

Y. A.： 谁会记得您呢？

M. D.： 年轻的读者。小学生。

Y. A.： 您在乎的是什么？

M. D.： 写作。一种充满悲剧意味的消遣，也就
是相对于生命的流逝而言。我不经意就
深陷其中。

之后，同一天下午。

Y. A.： 您有下一本书的书名了吗？

M. D.： 有了。《消失之书》。

11 月 23 日，巴黎，下午三点。

我想谈谈某个人。

一个顶多二十五岁的男人。

是一个非常英俊的男人，

在死亡还没找上他之前就想死了。

您爱他。

还不只是爱。

他那双手的俊美，

是的，就是这个。

他的手和山丘一样伸展——变得遥远、明亮，

和孩子一样透着纯真的光泽。

我拥抱您。

我等待您，就像等待那个将要摧毁这份纯真的

人，这份纯真柔美，还依旧温热。

用我全部的身体，完完全全，给你，

这份纯真。

之后，同一天下午。

我曾经想告诉您

我爱您。

把它喊出来。

就这样。

圣伯努瓦街，11 月 27 日。

在一起就是爱情、死亡、说话、睡觉。

之后，这个星期天。

Y. A.：　如果让您说说您自己，您会怎么说？

M. D.：　我已经不太清楚我是谁了。

　　　　我和我的情人在一起。

　　　　名字，我不知道。

　　　　这不重要。

　　　　在一起，就像跟一个情人在一起一样。

　　　　我曾希望这种事情发生在我身上。

　　　　和一个情人在一起。

沉默，之后。

Y. A.：　写作，有什么用？

M. D.：　这是沉默同时也在言说。

写作。有时候也意味着歌唱。

Y. A.:　跳舞呢?

M. D.:　这也很重要。这是个人的一个状态,跳

　　　　舞。我很喜欢跳舞。

Y. A.:　为什么?

M. D.:　我还不知道。

沉默,之后。

Y. A.:　您是不是很有天赋?

M. D.:　是的。我感觉是的。

写作非常接近说话的节奏。

11 月 28 日星期一，下午三点，圣伯努瓦街。

应该聊一聊《死亡的疾病》中的那个男人。

他是谁？

他是如何落到那种境地的？

描写消瘦，

从描写那个男人的消瘦开始。

另一天。

他没有再出现在房间里。

再也没有。

不用再等他的歌声了，歌声有时欢乐，有时忧

伤，有时落寞。

很快他又变成那只我在田野里见过的鸟。

之后，在同一个另一天。

让扬明白不是他在写这些文字，但他可以在最
后一页上签上他的名字。我会感到很高兴。
签名：杜拉斯。

再之后。

我情人的中国名字。
我从来没有用他的语言说过。

另一天，圣伯努瓦街。

给扬。

不为什么。

天是空的。

我爱这个男人已经好几年了。

一个我还没有给他命名的男人。

一个我爱的男人。

一个将离开我的男人。

除此以外，在人前人后，我生前身后，都无所谓。

我爱你。

你，你再也不能说出我父母给我的姓氏。

一些不知名的情人。

就这样吧，如果你愿意的话。

还要再等几天。

你问我等什么，我回答：我不知道。

等。

在变幻无常的风中。

或许明天我还会给你写信。

人们可以靠这个而活。

之后欢笑哭泣。

我说的是从地上冒出来的时间。

我喘不过气来了。

我必须停止说话。

之后。

有时候一些各式各样的事情会吸引我的注意力，

比如说这个年轻男子的死。我不再记得他叫什么，怎么称呼他。他完全微不足道。

沉默，之后。

我对我以为知道并期待再见到的东西已经毫无概念。
是的，就是这样。

沉默，之后。

这份的确可怕的爱开始走向终结，带着每时每刻的遗憾。
之后，接踵而来的是从时间的尽头冒出来的不可理解的一刻。

可怕的一刻。

美妙而可怕。

我没有自杀，仅仅是因为想到了他的死。

他的死和他的生。

沉默，之后。

我没有说出他这个人最重要的东西，他的灵魂，

他的脚，他的手，他的笑。

最重要的对我而言，就是当他独自一人的时候，

不去管他看什么。在他脑子一片混乱的时候。

他很英俊。这很难知道。

一旦我开始谈他，我就再也停不下来。

我的人生变得无常，是的，比在我眼前的他的

人生更加无常。

沉默，之后。

我想继续遐想，就像我在某些像今天这样的夏日午后所做的一样。

我再也没有兴趣，也没有勇气。

1994 年 10 月 14 日。

1914 年 10 月 14 日。这个标题毫无意义，除了对作者本人而言。因此这个标题没有任何意思。

标题本身也在期待：一个标题。一个纽带。

我已经临近那个致命的日子。

它是不存在的。

但这个日子却记在金色的纸上。

是由一个金发男子记下来的。

一个孩子。

我呢，我相信这个：我不由自主地相信同时写给这个孩子的东西。

这就是写作留下的东西。这是写作的一个意义。

这也是从此处、从孩子身上传达出来的爱的芬芳。

一份没有方向的爱，散发出一个因读出了未知的欲望而死去的孩子的肌肤的味道。

当阅读的文本消逝，一切也将烟消云散。

10 月 15 日。

我和我自己自由交流，这种自由和我非常契合。

沉默，之后。

我从来没有榜样。

我用顺从的方式叛逆。

当我写作的时候，我很疯狂，和在生活中一样。

当我写作的时候，我又加入许多石头中去。堤
坝的石头。

12 月 10 日星期六，下午三点，圣伯努瓦街。

您径直朝孤独走去。

而我，不是，我有书。

沉默，之后。

我感觉自己迷失了。

这和死亡是一样的。

真可怕。

我不想再做努力了。

我谁也不想。

剩下的都已结束。

您也一样。

我依然孤身一人。

沉默，之后。

你所经历的不再是不幸，而是绝望。

沉默，之后。

Y. A.:　您是谁?

M. D.:　杜拉斯，仅此而已。

Y. A.:　她搞什么，杜拉斯?

M. D.:　她搞文学。

沉默，之后。

寻找还可以写的东西。

巴黎，1994 年 12 月 25 日。

孩子们的雨是太阳雨。

带着幸福。

我去看过。

之后要跟他们解释这是很正常的现象。几百年来都是如此。因为孩子们不理解，他们还无法理解神的智慧。

之后要继续在森林里走。和成年人、猫和狗，一起唱歌。

巴黎，12 月 28 日。

一封给我的信。

只需换掉或放在那里听之任之。

那封信。

1994 年 12 月 31 日。

祝扬·安德烈亚新年快乐。

你的那些只言片语让我感到无聊。

1 月 3 日，圣伯努瓦街。

扬，我还在这里。

我得离开。

我已经不知道要把自己安放在哪里。

我给您写信就像我在呼唤您。

或许您可以来看我。

我知道这毫无意义。

1 月 6 日。

扬。

我希望在傍晚见到你。

衷心希望。

衷心希望。

2 月 10 日。

一种不言而喻的智慧。

像从脑海中溜出来的。

当人们对杜拉斯说出作家这个词时，它有双重

的分量。

我是充满野性又出人意料的作家。

之后，同一天午后。

虚空的虚空。

一切都是虚空，都是捕风。

这两句话概括了世上所有的文学。

虚空的虚空，是的。

这两句话本身就开启了世界：事物，风，孩子
的叫喊，叫喊声中熄灭的太阳。

让世界走向毁灭。

虚空的虚空。

一切都是虚空，都是捕风。

3 月 3 日。

捕风之人是我。

沉默，之后。

有一些档案我要放在记忆的最深处。
我所做的事是不可磨灭的。

3 月 25 日星期六。

我痛心几十年流光易逝。但我还在世界的这
一边。
死是那么艰难。

到了人生的某一个时刻，一切都结束了。

我的感觉就是这样：一切都结束了。

就是这样。

沉默，之后。

我爱您至死不渝。

我会尽量不要死得太早。

这就是我所要做的一切。

沉默，之后。

扬，你有没有感觉自己像是杜拉斯的附属品？

耶稣受难日。

在你的泪水、欢笑、哭泣中占有我。

圣周六。

我会变成什么。

我害怕。

快来。

快来我身边。

快，来。

之后，同一天午后。

一起去看看可怕的死亡。

再之后。

抚摸我。

和我的手一起抚摸我的脸。

快，来。

沉默，之后。

我太爱你了。

我不会写作了。

我们之间的爱太强烈，强烈得可怕。

沉默，之后。

我不知道我要去哪里。

我害怕。

一起上路吧。

快来。

我会给你寄信。

就这样。

写作让人害怕。

有诸如此类的东西让我害怕。

4 月 9 日星期天，圣枝主日。

我们俩都是无辜之人。

沉默，之后。

现在我已时日无多。

可怜。

我变得可怜。

我要写一个新的文本。没有男人。什么都不再有了。

我几乎什么都不是。

我什么都看不见了。

这仍是一切，还有很久，在死之前。

之后。

没有最后的吻。

再之后。

您不必担心钱。

就这样。

我已无话可说。

连一句话也没有。

没什么好说的。

让我们出去走走。

同一个星期天。

如果有一个上帝，那就是你。你坚信这一点，你。

沉默，之后。

我，一切我都可以重新开始。

从明天开始。

随时开始。

重新开始写书。

我写作。

嗖的一下，就写好了！

我，语言，我懂。

我很擅长。

沉默，之后，

听着，杜拉斯越来越得到承认，在世界各地，还
不止。

4 月 12 日星期三，午后，圣伯努瓦街。

来。

来阳光下，什么也不用想。

4 月 13 日

我写了一辈子。

像个白痴一样，我这样做了。

像这样也不错。

我从不自命不凡。

写一辈子，这教会你写作。这什么都留不住。

4 月 19 日星期三，下午三点，圣伯努瓦街。

碰巧我有天分。我现在已经习惯了。

沉默，之后。

我是一块白色的木头。

您也是。

另一种颜色的木头。

6 月 11 日。

你是你所是，这让我着迷。

沉默,之后。

快来。

快,给我一点您的力量。

凑到我的脸上。

6 月 28 日。

爱这个词是存在的。

7 月 3 日,下午三点,诺弗勒堡

我很清楚你有别的抱负。我很清楚你悲伤。但这些我都无所谓。

最重要的是你爱我。其他我都无所谓。都不在乎。

之后，同一天午后。

活着让我不堪重负。

这让我有写作的欲望。

当初你离开的时候我曾狠狠地写过你——写那个我爱的男人。

那是你最有魅力的时刻，我从未见过。

你是一切的始作俑者。

我所做的一切你原本也可以做到。

我听你说你放弃了这句话，这句话。

沉默，之后。

你听见这沉默了吗?

我，我听见你曾经说过的那些话，而不是这句

被写下来的话。

沉默，之后。

一切都是你写的，是你这具躯体写的。

这段文字我要就此打住，好从你那里拿来另一

段文字，为你而作，替你而作。

沉默，之后。

那么，它会是什么，你想写的是什么?

沉默，之后。

我受不了你改变。

7月4日，在诺弗勒。

就像此刻对死亡的恐惧。

在极度倦怠之后。

沉默，之后。

来。

要谈一谈我们的爱。

我们会找到合适的词。

或许没有这样的词。

沉默，之后。

我热爱生活，哪怕它已经到了这个份上。

很好，我找到合适的词了。

之后，同一天。

未来我什么都不想要。

只要还在谈论我，永远，像一个单调的平台。

总在谈论我。

沉默，之后。

我，我希望一切消散，或上帝带我走。

沉默，之后。

快来。

我好些了。

不那么害怕了。

把我留在原地，带着对我母亲之死的恐惧，那
份原封不动、完好如初的恐惧。

就这样。

7 月 8 日星期六，下午两点，在诺弗勒。

我脑子里什么都没有了。

空空如也。

沉默，之后。

好了。

我死了。

结束了。

沉默，之后。

今晚我们要吃口味很重的东西。比如一道中国
菜。一道记忆中已逝的中国菜。

7 月 10 日，在诺弗勒。

您变英俊了。

我看着您。

您是扬·安德烈亚·斯坦内。

7 月 20 日，诺弗勒，午后。

您的吻，我相信它们，直到我生命的尽头。

再见。

不和任何人说再见。甚至不和您说。

结束了。

一无所有。

要把书合上了。

现在过来。

要走了。

停顿。沉默，之后。

是时候做点什么了。您不能一边待着什么也不做。或许可以写点什么。

沉默，之后。

怎么做才能再多活一会儿，再活久一点。

就这样。

现在我不再是我了。而是某个我不再认识的人。

沉默，之后。

你现在可以敞开心扉了。

或许是我。我没有因为你而迷乱。

沉默，之后。

为了让生活更甜美?

谁也不知道。应该努力活着。

不能投入死神的怀抱。

就这样。

这就是我要说的全部。

7月21日。

来。

我什么都不爱。

我会来到你身边。

你来我身边。

就这样。

我想躲开这一切。

快来把我放在某个地方。

下午，晚些时候。

我一点也不想再坚持了。

我认为谁也不能说出这种恐惧。还不能。

把你的嘴凑过来。

快来，好走得更快。

快。

就这样。

快。

7 月 22 日星期六。雨。

我不会再做任何事来限制或扩展你的生活。

沉默。

凑到我的脸上来。

沉默。

我爱您，直到无法放弃您。

沉默。

您真没用。一无是处。就是个零。

7 月 23 日星期天。

我不能让自己变成什么也不是。

沉默。

不能像你一样，这是让我遗憾的地方。

沉默。

和我一起到大床上，然后等待。
虚无。

沉默。

疯狂让我不知所措。

Y. A.: 您有什么要补充的吗?

M. D.: 我不会补充。我只会创造。只会这个。

7 月 24 日星期一。

来爱我。

来。

来这白纸上。和我一起。

我把我的命交给你。

来。

快。

跟我说再见。

就这样。

我从此对你一无所知。

我要和海藻一起离去。

你跟我来。

7 月 31 日。

我自己的真相是什么?

如果你知道,请告诉我。

我迷失了。

看着我。

8月1日，午后。

我想已经结束了。我的生命结束了。

我什么也不是了。

我变得非常可怕。

我已经分崩离析。

快来。

我的嘴没有了，脸没有了。

95 年 10 月 12 日，巴黎。

走进我的生活。

15 点 30 分。

我死了。结束了。

10 月 31 日星期二。

再也没有杜拉斯了。我不能再做什么了。
我什么也没有了。

17 点。

我是一块磁铁。

你是一块磁铁。

11 月 3 日星期五。

你求上帝要我死吗?

16 点。

我应该有勇气去死。

11 月 16 日星期四。

在海边。在你身边。

我什么都不是了。我不知道自己在哪里了。结束了。

一些为了更接近天空的柱子。

来。

11 月 18 日。

我死了。结束了。这之后对您而言会很难。

11 月 22 日星期三。

我疯了，因为我什么都不是了。

我以为结束了，我的生命。

我的嘴累了。再没有词语。

我什么都没有了。纸也没有了。

12 月 2 日。

结束了。我什么都没有了。嘴没有了，脸没有

了。太可怕了。

12 月 6 日星期三。

您是一只老乌鸦。一个老混蛋。

12 月 7 日星期四。

您的脸上有一种力量。

12 月 8 日星期五。

您是个大混蛋。

你们都完蛋了。

一切都让人难以忍受。

19 点。

Y. A.：您感觉怎么样？

M. D.：快要死了。

结束了。一切都结束了。就是这样。

12 月 26 日星期二。

我讨厌心理上的饥不择食。

真让人恶心。

午夜。

我不想要任何东西，任何有条件的东西。

我想要一杯咖啡，现在，马上。

12 月 27 日。

看看我：我空空如也。让我怀念的是宁静。

12 月 28 日。

别胡闹了。

12 月 29 日。

我什么都没有了。我死了。我感觉到了。

给我拿一个盒子。

我想见我母亲了。

快点。

我的整个身体都在燃烧。

之后。

失去您的心，您会痛吗?

之后。

快来看我，陪我，带点东西给我。

12 月 30 日星期六，夜里 2 点 30 分。

您和杜拉斯王国分开了。

96 年 1 月 3 日星期三。

空即自由。

幽居的女人什么也不说。她们等待。

女人独自一人是不说话的。

1 月 6 日星期六。

善意不是什么了不得的东西。重要的是没有任
何出路、没有任何结果的极端思想。

之后。

仇恨，可以让人坚持下去。

1 月 7 日。

我满脑子里什么都没有了。我知道。

1 月 8 日。

除了离开，我已无事可做。
我不知道要去哪里。

我生了火，一切都是白色的。

我看不到任何意义——这让我感到孤单，而不
是忧伤，不，是孤单。

我看到我身边有黑色手套。

之后。

这一文学从何而来?

我喜欢打开的书。

到白色的厅里来。来帮我脱下一条真丝连衣裙。

我没有什么可穿的了。

我为你打开的是一个美妙的人生。

这毫无意义,但最终,我们相信了。

我从未忘记一本书。

任何人都是孤单的。可怜的不幸。一个贫穷的
可怜的女人。这就是我。如此而已。

别撇下我，求求您。

我的心在哭泣。

别管我，我是一个自由的人。

1月18日星期四。

我的手，她在写作。

1 月 19 日。

隐痛。

扬，我要原谅你，但我不知道要原谅什么。

我很美。甚至，美得不行。

1 月 25 日。

这是尽头。结束了。这是死亡。太可怕了。死
亡让我感到厌烦。

我感到一种空虚袭来：死亡。真让人害怕。

眼睛失去了光泽。

我很害怕。

快。

我不相信。我感觉自己置身在一片漆黑中。

一无所有。无论做什么，都一无所有。

我不能写令我沮丧的东西。

我一直爱我的母亲。没有办法，我一直爱她。

您永远什么都不明白。这是某种缺陷。我呢，
我有点明白。

就一页，快。我们写完。我们停下。快。

扬，我那么爱你。而现在我要离开了。

我真不知道每一天……我们需要的东西并不多。
之后我们再看吧。或许每五天一次？

1 月 26 日星期五。

有几秒钟我闻到了大地的气息。

扬，从这个神圣的地方出来，这让人害怕。有
时候你让人害怕。

我厌倦了孤独。我要找一个人帮我工作。

我想写一本关于我自己和我所思所想的书。仅此而已。不管是黑是白。

您很空洞。而我，我一直在洞底。

1 月 29 日。

虚空。我面前一片虚空。

1 月 30 日星期二。

我所知道的，是我已一无所有。太可怕了。只有虚空。一切皆空。最后之所的虚空。

我们不是两个人。我们每个人都是孤独的。

1 月 31 日。

别管我。结束了。让我死。

我感到羞愧。

2 月 2 日星期五。

你记得我们曾经有多美。之后再没有任何人有

那么美过。

2 月 15 日。

我们曾经相爱的旧房间。

2 月 16 日。

奇怪的是，即使我不爱你，我也依然爱着你。

2 月 19 日。

我知道我要忍受什么：死亡。等着我的是什么：
在太平间的我的脸。太可怕了，我不想这样。

之后。

所有这些想要杜拉斯死的人。

之后。

不是只有羞愧，对一切感到羞愧。

我什么都不是了。

什么都不是了。

我不再知道如何活着。

没有结束的，是对您的定论。

之后。

有一本要我去死的书。

Y. A.：作者是谁？

M. D.：我。杜拉斯。

2 月 20 日星期二。

扬，我要请您原谅，原谅一切。

2 月 26 日。

我很了解您。

我要去另一个地方。

无处。

2 月 28 日。

结束了。

一切都结束了。

太可怕了。

2 月 29 日星期四，下午三点。

我爱您。

再见。